AF595154

17 avril 1869

V

Vente du Samedi 17 Avril 1869

SALLE N° 5

OBJETS D'ART

ET

D'AMEUBLEMENT

Collection de M. de V...

Exemplaire de Barre, avec les noms des vendeurs

EXPOSITIONS

PARTICULIÈRE : Le Jeudi 15 Avril 1869
PUBLIQUE : Le Vendredi 16 Avril 1869

Me CHARLES OUDART
COMMISSAIRE-PRISEUR
Boulevart des Italiens, 26.

M. ÉMILE BARRE
EXPERT
Rue de la Chaussée-d'Antin, 20.

PARIS — 1869

RENOU & MAULDE

IMPRIMEURS DE LA COMPAGNIE DES COMMISSAIRES-PRISEURS

Rue de Rivoli, 144.

7 — Portière en velours de Gênes, de l'époque de Louis XIII, riche dessin de vases de fleurs et de rinceaux verts et rouges se détachant en relief sur fond orange. Frange de l'époque.

Haut. : 1m 90. Larg. : 1m 10.

8 — Beau morceau d'Etoffe analogue au précédent.

Haut. : 60 c. Larg. : 55 c.

MEUBLES, BRONZES, MARBRES

9 — Très-beau Bureau plat en poirier noirci, orné de bronzes, époque Louis XIV.

10 — Meuble de salon en tapisserie de *Beauvais* à personnages, composé de six fauteuils et un canapé, époque Louis XVI.

11 — Console en bois sculpté, avec dessus de marbre blanc.

12 — Meuble-cabinet en ivoire gravé ; le milieu est orné de colonnettes. Travail du *XVIe siècle.*

13 — Petit Meuble à hauteur d'appui en écaille et marqueterie de nacre, avec dessus de marbre noir.

14 — Bureau en marqueterie de cuivre et d'étain, avec pieds contournés. Travail de l'époque *Louis XIV* en parfait état de conservation.

15 — Table *Louis XIII* en marqueterie de cuivre et nacre, avec sujets représentant les quatre éléments.

16 — Crédence en noyer, ornée de marqueterie de nacre et de cuivre.

17 — Deux Chaises ornées d'incrustation d'ivoire.

18 — Meuble dit *Bonheur-du-Jour* en bois rose, orné de bronzes dorés.

19 — Meuble vitrine à glaces.

20 — Deux Fauteuils incrustés d'ivoire. Travail milanais.

21 — Belle Garniture de cheminée en *vieux Chine*, fond blanc, avec bouquets de fleurs en reliefs, composée d'une pendule à cadran tournant et de deux vases formant lampe.

22 — Petite Pendule *Louis XIII* en écaille et ébène.

23 — Belle Pendule en marqueterie de Boule, avec socle à console.

24 — Petite Pendule du *XVI*e *siècle* en bronze argenté et repoussé.

25 — Jolie Pendule *Louis XVI* en bronze doré, sur socle en marbre blanc.

26 — Beau Cartel *Louis XVI* à vase et draperie, en bronze doré.

27 — Groupe en bronze de deux personnages, sur socle en marqueterie de Boule. Travail italien du *XVI*e *siècle*.

28 — Statuette en marbre : *L'Innocence*.

29 — Deux charmantes petites Statuettes de *Falconnet* en marbre blanc.

30 — Piano en bois de rose incrusté, donné par Napoléon Ier à Ellevion.

31 — Deux grands et beaux Vases chinois en bronze, ornés de feuillages et d'animaux fantastiques.

32 — Statuette en marbre blanc, attribuée à *Falconnet*.

33 — Deux belles Coupes sur piédouche en marbre brèche.

34 — Buste de jeune Fille en bronze, sur socle en granit.

35 — Deux paires de Bras Louis XV, en bronze doré.

36 — Deux paires de Flambeaux Louis XVI, en bronze doré.

37 — Deux beaux Socles en marbre griotte, montés en bronze.

38 — Deux terres cuites de l'époque Louis XIV, représentant Cérès et Pomone.

39 — Petit Cartel Louis XV en bronze doré.

40 — Vénus et l'Amour, groupe en terre cuite signé *L'Évesque.*

41 — Deux glaces en bois sculpté, époque Louis XIV.

42 — Deux Candélabres Louis XV en bronze doré, avec écusson fleurdelisé.

43 — Belle Glace avec cadre sculpté et doré, époque *Louis XV.*

PORCELAINES ET FAIENCES

44 — Deux Jardinières en vieux *Sèvres*, fond blanc, à bouquets de fleurs; ancien décor.

45 — Vase en vieux *Sèvres*, pâte tendre, ancien décor, fond bleu turquoise, monté en bronze doré.

46 — Deux petits Bustes de guerriers formant gaîne, en vieux Sèvres, fond bleu, pâte tendre.

47 — Deux belles Jardinières en *vieux Sèvres*, pâte tendre, décorées de bouquets de fleurs.

48 — Tasse en Sèvres, pâte tendre, ancien décor de fleurs.

49 — Deux Étuis en *vieux Saxe*

50 — Deux Tabatières *id.*

51 — Deux beaux Cachepots en vieux Chine, montés en bronze doré.

52 — Deux charmantes petites Buires en vieux craquelé, ancienne monture en bronze doré.

53 — Deux grands et beaux Cornets en vieux Japon, avec monture en bronze doré.

54 — Beau Plat italien, de la fabrique de Pesaro, à reflets métalliques, offrant au centre la figure de saint Jean.

Diamètre : 40 c.

55 — Deux très-jolies Assiettes en faïence de Rouen, a décors blanc et bleu, de la plus belle époque de Louis XIV.

56 — Beau Plat en ancienne faïence hispano-arabe à reflets métalliques, dans sa bordure sculptée.

57 — Autre Plat de même fabrique.

58 — Petit Plat à reflets métalliques, décor en relief faïence italienne.

59 — Jolie Assiette à bords ornés de trophées d'armes, avec figure dans l'ombilic. Ancienne fabrique de Pesaro.

60 — Belle Coupe à gaudrons sur piédouche, représentant Moïse frappant le rocher. Ancienne fabrique d'Urbino.

61 — Beau Plat en ancienne faïence de Delft, décor chinois à fond d'or.

62 — Belle Plaque en ancienne faïence italienne, avec bordure ornée de mascarons.

ORFÉVRERIE

63 — Très-belle Cafetière en argent, avec décors en relief, époque Louis XVI.

(Poids, 1 kilogramme).

64 — Beau Coffret en filigrane d'argent. Travail de Gênes.

65 — Grand Gobelet en argent doré et repoussé, époque Louis XIII.

66 — Cuiller à sucre en argent richement ciselé, de l'époque de Louis XV (vieux Paris).

67 — Jolie Bonbonnière en argent repoussé, de l'époque Louis XIII. Le couvercle représente deux amours supportant un écusson entouré de fleurs et de rinceaux d'une grande finesse d'exécution.

68 — Charmant Vidrecome en argent doré et repoussé. Travail du XVIe siècle.

69 — Un très-beau Plat en argent repoussé, époque Louis XIII, dessin mauresque.

(Poids : 1840 grammes).

70 — Très-beau Plat en argent repoussé, époque Louis XIV, décoré de guirlandes de fleurs.

(Poids : 1190 grammes).

71 — Buire en argent repoussé et doré, époque Louis XIII, avec ornements appliqués. Le couvercle est surmonté de l'Agneau Pascal, et l'anse formée par une figure. La buire est accompagnée de son bassin.

(Poids des deux pièces, 2 kilog.)

72 — Très-belle Custode gothique en argent doré et repoussé, avec ornements repercés à jour.
(Poids : 450 grammes).

73 — Buire en argent repoussé, époque Louis XIII, à anse formée par un dragon, décor de figures et de fleurs.
(Poids : 1 kilogramme).

74 — Grand Vidrecome en argent repoussé, sujets d'enfants, époque Louis XIII, dans le style de François Flamand.
(Poids : 1585 grammes).

75 — Très-belle Custode en argent repoussé et gravé, époque Louis XIV.
(Poids : 690 grammes).

76 — Verre à pieds en argent doré, repoussé et gravé, époque Louis XII.
(Poids : 235 grammes).

77 — Petite Bouteille orientale en cuivre doré et repoussé.

JADES, ÉMAUX, BOITES, BIJOUX

MINIATURES, OBJETS DIVERS

78 — Coupe en jade blanc, avec anses et anneaux pris dans la masse. L'intérieur orné de dauphins en haut relief avec socle en bois de fer. Le dessous est également orné de dessins en relief.

Cet objet a fait partie de la collection de Morny.

79 — Cornet en jade vert, orné de chimères en relief.

80 — Très-beau Vase à panse aplatie, en jade blanc, avec anses à jour et ornements en relief.

81 — Coupe en jade blanc à gaudrons, montée en argent doré et ornée de turquoises.

82 — Deux Perroquets en ancienne porcelaine de Chine, céladon bleu turquoise sur socles violets.

83 — Garniture de trois pièces en ancien émail cloisonné et repoussé de la Chine, composée d'un brûle-parfums et de deux cornets.

84 — Cornet en ancien émail cloisonné de la Chine.

85 — Petite Coupe à anses, en émail de Limoges, par Laudin, avec sujet en couleur dans l'ombilic.

86 — Beau Vidrecome allemand en ancien verre émaillé.

87 — Boîte en cristal de roche.

88 — Autre boîte en cristal de roche.

89 — Très-belle Tabatière ronde en or émaillé bleu, avec médaillons de figures en émail, époque Louis XVI.

90 — Boîte carrée en ancien émail de Saxe, d'après Watteau, monture en or.

91 — Tabatière en malachite montée à cage, en or, avec plaque en émail, portrait de dame, de l'époque de Louis XIV, en costume mythologique.

92 — Tabatière en cristal de roche.

93 — Boîte ovale en émail, époque Louis XIV.

94 — Petite Plaque en émail de François Limousin, représentant une dame en costume du XVIe siècle, tenant un reliquaire à la main.

95 — Très-curieux Coffret en bois, orné de cinq plaques en émail, XVIe siècle.

96 — Petite Statuette en bronze florentin : Baigneuse surprise.

97 — Petit Calvaire en argent doré et émaillé, avec monture et Christ en or émaillé.

98 — Très-belles Tablettes en porphyre oriental.

99 — Buste en bronze, travail italien de la fin du XVe siècle.

100 — Très-belle Boîte en lapis-lazuli, ornée de pierres dures et montée en or.

101 — Garniture de cinq pièces camées durs, montés en or, époque Louis XVI.

102 — Portrait de la duchesse de Bourgogne, miniature sur vélin ; dans sa bordure, Louis XVI, en argent.

103 — Très-jolie Miniature sur ivoire, portrait de la Duthé.

104 — Très-curieux Médaillon en bronze, par le Pisané.

105 — Belle Clef en fer forgé et finement ciselé, de l'époque de Louis XIII.

106 — Un devant de Coffre gothique en bois sculpté, orné de fleurs de lys et d'écussons, mi-partie France et Bretagne.

107 — Très-belle Boîte à cage en or, avec six panneaux émaillés. Sujets d'après Téniers.

108 — Boîte ronde en vernis Martin galonné d'or. Suje d'après Lancret.

109 — Boîte ronde en or émaillé, fond bleu à étoiles, avec bordures émaillées rouge et blanc.

110 — Très-belle Boîte en écaille incrustée d'or. Sujets chinois, monture or, époque Louis XV.

111 — Boîte carrée en écaille, montée en or, avec médaillons camée agate, représentant le prince de Galles.

112 — Grande Broche ancienne, émaillée et ornée de pierres fines, émeraudes, roses et perles.

113 — Deux belles Miniatures rondes par Savignac : Oiseaux et personnages dans un parc.

114 — Très-belle Miniature par Hoin : Portraits en médaillon de Marie-Antoinette et de Louis XVII, dans un paysage.

115 — Deux jolies Jardinières en émail cloisonné, sur socles en bois de fer.

116 — Curieux Flambeau en bronze gravé et damasquiné d'argent. Travail oriental ancien.

117 — Belle paire de Pistolets Louis XV, avec crosse, batterie et canon en fer ciselé et damasquiné d'or.

Renou et Maulde, imprimeurs de la Compagnie des Commissaires-Priseurs, rue de Rivoli, 144. 23596

RED. :

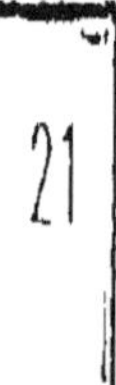
21

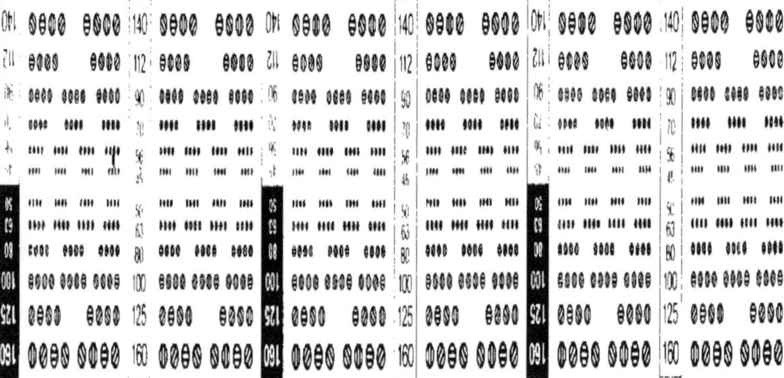

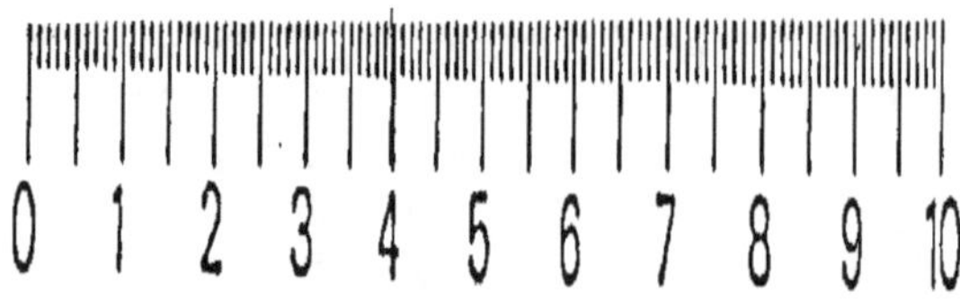
0 1 2 3 4 5 6 7 8 9 10

www.ingramcontent.com/pod-product-compliance
Lightning Source LLC
LaVergne TN
LVHW050231180726
843501LV00013BA/3743

* 9 7 8 2 3 2 9 3 3 3 2 0 5 *